하늘과 바람과 별과 시

윤동주
尹東柱

하늘과
바람과
별과

시

청담출판사

차례

4부 — 동시·동요

5부 — 산문집

일러두기

1. 이 책은 1955년 정음사에서 발행한 『하늘과 바람과 별과 詩』의 텍스트를 윤동주
   의 육필원고를 참고하여 재구성한 것이다.
2. 책의 차례는 원본을 따르되 작품의 종류에 따라 분류하였다.
3. 표기는 원칙적으로 현행 맞춤법에 따랐으며 어감을 살릴 필요가 있다고 생각되는
   경우 원 표기 형태를 그대로 두었다.
5. 한자는 한글로 고쳤으며 필요한 경우 괄호와 함께 병기하였다.
6. 원본에서 생략된 정지용의 서문과 강처중의 발문을 추가하였다.

별 하나에 추억과

별 하나에 사랑과

별 하나에 쓸쓸함과

별 하나에 동경과

별 하나에 시와

별 하나에 어머니, 어머니

「별 헤는 밤」 중에서

이 서문은 평소 윤동주 시인이 존경했던 정지용 시인이 시집 『하늘과 바람과 별과 詩』(1948)를 간행할 때 윤동주 시인을 기리며 쓴 서문의 내용이다.

서(序)

서(序)—랄 것이 아니라,

내가 무엇이고 정성껏 몇 마디 써야만 할 의무를 가졌건만 붓을 잡기가 죽기보담 싫은 날, 나는 천의를 뒤집어쓰고 차라리 병(病) 아닌 신음을 하고 있다.

무엇이라고 써야 하나?

재조(才操)도 탕진하고 용기도 상실하고 8·15 이후에 나는 부당하게도 늙어 간다.

누가 있어서 "너는 일편(一片)의 정성까지도 잃었느냐?" 질타한다면 소허(少許) 항론(抗論)이 없이 앉음을 고쳐 무릎을 꿇으리라.

아직 무릎을 꿇을 만한 기력이 남았기에 나는 이 붓을 들어 시인 윤동주의 유고(遺稿)에 분향(焚香)하노라.

겨우 30여 편 되는 유시(遺詩) 이외에 윤동주와 그의 시인 됨에 관한 아무 목증(目證)한 바 재료를 나는 갖지 않았다.

'호사유피(虎死留皮)'라는 말이 있겠다. 범이 죽어 가죽이 남았다면 그의 호문(虎紋)을 감정하여 '수남(壽男)'이라고 하랴? '복동(福童)'이라고 하랴? 범이란 범이 모조리 이름이 없었던 것이다.

내가 시인 윤동주를 몰랐기로소니 윤동주의 시가 바로 '시'라고 보면 그만 아니냐?

호피는 마침내 호피에 지나지 못하고 말 것이나, 그의 '시'로써 그의 '시인'됨을 알기는 어렵지 않은 일이다.

*

나도 모를 아픔을 오래 참다 처음으로 이곳에 찾아왔다. 그러나 나의 늙은 의사는 젊은이의 병을 모른다. 나한테는 병이 없다고 한다. 이 지나친 시련, 이 지나친 피로, 나는 성내서는 안 된다.

　　　　　　　　　　　　—그의 유시(遺詩) 「병원」의 일절(一節)

그의 다음 동생 일주 군과 나의 문답—

"형님이 살았으면 몇 살인고?"

"서른한 살입니다."

"죽기는 스물아홉에요―."

"간도에는 언제 가셨던고?"

"할아버지 때요."

"지내시기는 어떠했던고?"

"할아버지가 개척하여 소지주 정도였습니다."

"아버지는 무얼 하시노?"

"장사도 하시고 회사에도 다니시고 했지요."

"아아, 간도에 시(詩)와 애수(哀愁)와 같은 것이 발효(醱酵)

　하기 비롯한다면 윤동주와 같은 세대에서 부텀이었고나!"

나는 감상하였다.

*

　봄이 오면

　죄를 짓고

　눈이

　밝어

　이브가 해산하는 수고를 다하면

무화과 잎사귀로 부끄런 데를 가리고

나는 이마에 땀을 흘려야겠다.

—「또 태초의 아침」의 일절(一節)

다시 일주 군과 나와의 문답—

"연전을 마치고 동지사*에 가기는 몇 살이었던고?"

"스물여섯 적입니다."

"무슨 연애 같은 것이나 있었나?"

"하도 말이 없어서 모릅니다."

"술은?"

"먹는 것 못 보았습니다."

"담배는?"

"집에 와서는 어른들 때문에 피우는 것 못 보았습니다."

"인색하진 않았나?"

"누가 달라면 책이나 샤쓰나 거져 줍데다."

"공부는?"

"책을 보다가도 집에서나 남이 원하면 시간까지도 아끼지 않읍데다."

"심술(心術)은?"

* 동지사: 교토의 도시샤대학

"순하디 순하였습니다."

"몸은?"

"중학 때 축구선수였습니다."

"주책(主策)은?"

"남이 하자는 대로 하다가도 함부로 속을 주지는 않읍데
다."

*

　코카서스 산중에서 도망해 온 토끼처럼
　둘러리를 빙빙 돌며 간을 지키자

　내가 오래 기르던 여윈 독수리야!
　와서 뜯어 먹어라, 시름없이

　너는 살지고
　나는 여위어야지, 그러나

―「간」의 일절(一節)

　노자(老子) 오천언(五天言)에,
'허기심(虛基心) 실기복(實基腹) 약기지(弱基志) 강기골(强
基骨)' 이라는 구가 있다.

청년 윤동주는 의지가 약하였을 것이다. 그렇기에 서정시에 우수한 것이겠고, 그러나 뼈가 강하였던 것이리라. 그렇기에 일적(日賊)에게 살을 내던지고 뼈를 차지한 것이 아니었던가?

무시무시한 고독에서 죽었구나! 29세가 되도록 시도 발표하여 본 적도 없이!

일제시대에 날뛰던 부일문사(附日文士) 놈들의 글이 다시보아 침을 뱉을 것뿐이나, 무명(無名) 윤동주가 부끄럽지 않고 슬프고 아름답기 한이 없는 시를 남기지 않았나?

시와 시인은 원래 이러한 것이다.

*

행복한 예수 그리스도에게
처럼
십자가가 허락된다면

모가지를 드리우고,
꽃처럼 피어나는 피를
어두워 가는 하늘 밑에
조용히 흘리겠습니다.

―「십자가」의 일절(一節)

일제 헌병은 동(冬) 섣달에도 꽃과 같은, 얼음 아래 다시 한 마리 잉어와 같은 조선 청년 시인을 죽이고 제 나라를 망치었다.

뼈가 강한 죄로 죽은 윤동주의 백골은 이제 고토(故土) 간도에 누워 있다.

*

고향에 돌아온 날 밤에
내 백골이 따라와 한방에 누웠다.

어둔 방은 우주로 통하고
하늘에선가 소리처럼 바람이 불어온다.

어둠 속에 곱게 풍화작용하는
백골을 들여다보며
눈물 짓는 것이 내가 우는 것이냐
백골이 우는 것이냐
아름다운 혼이 우는 것이냐

지조 높은 개는
밤을 새워 어둠을 짖는다.

어둠을 짖는 개는
나를 쫓는 것일 게다.

가자 가자
쫓기우는 사람처럼 가자
백골 몰래
아름다운 또 다른 고향에 가자.
　　　　　　　　　　　　　　―「또 다른 고향」

　만일 윤동주가 이제 살아 있다고 하면 그의 시가 어떻게
진전하겠느냐는 문제―

　그의 친우 김삼불 씨의 추도사와 같이 틀림없이,
　아무렴! 또 다시 다른 길로 분연 매진할 것이다.

　　　　　　　　　　　　　　1947년 12월 28일
　　　　　　　　　　　　　　　　　　지용

1부

하늘과 바람과 별과 시

1939년~1941년까지의 작품들로 구성된 자필 자선 시집
『하늘과 바람과 별과 시』의 수록 작품 모음

서시(序詩)

죽는 날까지 하늘을 우러러
한 점 부끄럼이 없기를,
잎새에 이는 바람에도
나는 괴로워했다.
별을 노래하는 마음으로
모든 죽어가는 것을 사랑해야지
그리고 나한테 주어진 길을
걸어가야겠다.

오늘밤에도 별이 바람에 스치운다.

1941. 11. 20

자화상

    산모퉁이를 돌아 논가 외딴 우물을 홀로 찾아가선 가만히 들여다봅니다.

    우물 속에는 달이 밝고 구름이 흐르고 하늘이 펼치고 파아란 바람이 불고 가을이 있습니다.

    그리고 한 사나이가 있습니다.
어쩐지 그 사나이가 미워져 돌아갑니다.

    돌아가다 생각하니 그 사나이가 가엾어집니다.
도로 가 들여다보니 사나이는 그대로 있습니다.

    다시 그 사나이가 미워져 돌아갑니다.
돌아가다 생각하니 그 사나이가 그리워집니다.

    우물 속에는 달이 밝고 구름이 흐르고 하늘이 펼치고 파아란 바람이 불고 가을이 있고 추억처럼 사나이가 있습니다.

1939. 9

소년

　여기저기서 단풍잎 같은 슬픈 가을이 뚝뚝 떨어진다. 단풍잎 떨어져 나온 자리마다 봄을 마련해 놓고 나뭇가지 위에 하늘이 펼쳐 있다. 가만히 하늘을 들여다보려면 눈썹에 파란 물감이 든다. 두 손으로 따뜻한 볼을 쓸어보면 손바닥에도 파란 물감이 묻어난다. 다시 손바닥을 들여다본다. 손금에는 맑은 강물이 흐르고, 맑은 강물이 흐르고, 강물 속에는 사랑처럼 슬픈 얼굴— 아름다운 순이의 얼굴이 어린다. 소년은 황홀히 눈을 감아본다. 그래도 맑은 강물은 흘러 사랑처럼 슬픈 얼굴— 아름다운 순이의 얼굴은 어린다.

1939

눈 오는 지도

　순이가 떠난다는 아침에 말 못할 마음으로 함박눈이 내려, 슬픈 것처럼 창밖에 아득히 깔린 지도 위에 덮인다.

　방 안을 돌아다보아야 아무도 없다. 벽과 천장이 하얗다. 방 안에까지 눈이 내리는 것일까, 정말 너는 잃어버린 역사처럼 홀홀히 가는 것이냐, 떠나기 전에 일러둘 말이 있던 것을 편지를 써서도 네가 가는 곳을 몰라 어느 거리, 어느 마을, 어느 지붕 밑, 너는 내 마음속에만 남아 있는 것이냐, 네 쪼그만 발자국을 눈이 자꾸 내려 덮여 따라갈 수도 없다. 눈이 녹으면 남은 발자국 자리마다 꽃이 피리니 꽃 사이로 발자국을 찾아 나서면 일 년 열두 달 하냥 내 마음에는 눈이 내리리라.

1941. 3. 12

돌아와 보는 밤

세상으로부터 돌아오듯이 이제 내 좁은 방에 돌아와 불을 끄옵니다. 불을 켜두는 것은 너무나 피로로운 일이옵니다. 그것은 낮의 연장이옵기에—

이제 창을 열어 공기를 바꾸어 들여야 할 텐데 밖을 가만히 내다보아야 방 안과 같이 어두워 꼭 세상 같은데 비를 맞고 오던 길이 그대로 빗속에 젖어 있사옵니다.

하루의 울분을 씻을 바 없어 가만히 눈을 감으면 마음속으로 흐르는 소리, 이제 사상(思想)이 능금처럼 저절로 익어 가옵니다.

1941. 6

병원

살구나무 그늘로 얼굴을 가리고 병원 뒤뜰에 누워, 젊은 여자가 흰옷 아래로 하얀 다리를 드러내 놓고 일광욕을 한다. 한나절이 기울도록 가슴을 앓는다는 이 여자를 찾아오는 이, 나비 한 마리도 없다. 슬프지도 않은 살구나무 가지에는 바람조차 없다.

나도 모를 아픔을 오래 참다 처음으로 이곳에 찾아왔다. 그러나 나의 늙은 의사는 젊은이의 병을 모른다. 나한테는 병이 없다고 한다. 이 지나친 시련, 이 지나친 피로, 나는 성내서는 안 된다.

여자는 자리에서 일어나 옷깃을 여미고 화단에서 금잔화 한 포기를 따 가슴에 꽂고 병실 안으로 사라진다. 나는 그 여자의 건강이— 아니 내 건강도 속히 회복되기를 바라며 그가 누웠던 자리에 누워 본다.

1940. 12

하늘과 바람과 별과 시

새로운 길

내를 건너서 숲으로
고개를 넘어서 마을로

어제도 가고 오늘도 갈
나의 길 새로운 길

민들레가 피고 까치가 날고
아가씨가 지나고 바람이 일고

나의 길은 언제나 새로운 길
오늘도…… 내일도……

내를 건너서 숲으로
고개를 넘어서 마을로

1938. 5. 10

간판 없는 거리

정거장 플랫폼에
내렸을 때 아무도 없어,

다들 손님들뿐,
손님 같은 사람들뿐,

집집마다 간판이 없어
집 찾을 근심이 없어

빨갛게
파랗게
불붙는 문자도 없이

모퉁이마다
자애로운 헌 와사등˙에
불을 켜 놓고,

* 와사등: 가스등

하늘과 바람과 별과 시

손목을 잡으면

다들, 어진 사람들

다들, 어진 사람들

봄, 여름, 가을, 겨울,

순서로 돌아들고.

1941

태초(太初)의 아침

봄날 아침도 아니고
여름, 가을, 겨울,
그런 날 아침도 아닌 아침에

빨—간 꽃이 피어났네,
햇빛이 푸른데,

그 전날 밤에
그 전날 밤에
모든 것이 마련되었네,

사랑은 뱀과 함께
독은 어린 꽃과 함께

또 태초(太初)의 아침

하얗게 눈이 덮이었고
전신주가 잉잉 울어
하나님 말씀이 들려온다.

무슨 계시일까.

빨리
봄이 오면
죄를 짓고
눈이
밝어

이브가 해산하는 수고를 다하면

무화과 잎사귀로 부끄런 데를 가리고

나는 이마에 땀을 흘려야겠다.

1941. 5. 31

새벽이 올 때까지

다들 죽어가는 사람들에게
검은 옷을 입히시오.

다들 살아가는 사람들에게
흰 옷을 입히시오.

그리고 한 침대에
가지런히 잠을 재우시오.

다들 울거들랑
젖을 먹이시오.

이제 새벽이 오면
나팔소리 들려올 게외다.

1941. 5

무서운 시간

거 나를 부르는 것이 누구요.

가랑잎 이파리 푸르러 나오는 그늘인데,
나 아직 여기 호흡이 남아 있소.

한 번도 손 들어 보지 못한 나를
손 들어 표할 하늘도 없는 나를

어디에 내 한 몸 둘 하늘이 있어
나를 부르는 것이오.

일이 마치고 내 죽는 날 아침에는
서럽지도 않은 가랑잎이 떨어질 텐데……

나를 부르지 마오.

1941. 2. 7

십자가

쫓아오던 햇빛인데
지금 교회당 꼭대기
십자가에 걸리었습니다.

첨탑이 저렇게도 높은데
어떻게 올라갈 수 있을까요.

종소리도 들려오지 않는데
휘파람이나 불며 서성거리다가,

괴로웠던 사나이,
행복한 예수·그리스도에게
처럼
십자가가 허락된다면

모가지를 드리우고
꽃처럼 피어나는 피를

어두워 가는 하늘 밑에
조용히 흘리겠습니다.

1941. 5. 31

바람이 불어

바람이 어디로부터 불어와
어디로 불려 가는 것일까,

바람이 부는데
내 괴로움에는 이유가 없다.

내 괴로움에는 이유가 없을까.

단 한 여자를 사랑한 일도 없다.
시대를 슬퍼한 일도 없다.

바람이 자꾸 부는데
내 발이 반석 위에 섰다.

강물이 자꾸 흐르는데
내 발이 언덕 위에 섰다.

1941. 6. 2

슬픈 족속

흰 수건이 검은 머리를 두르고
흰 고무신이 거친 발에 걸리우다.

흰 저고리 치마가 슬픈 몸집을 가리고
흰 띠가 가는 허리를 질끈 동이다.

1938. 9

눈 감고 간다

태양을 사모하는 아이들아
별을 사랑하는 아이들아

밤이 어두웠는데
눈 감고 가거라.

가진 바 씨앗을
뿌리면서 가거라.

발뿌리˙에 돌이 채이거든
감았던 눈을 와짝 떠라.

1941. 5. 31

* 발뿌리: 발끝

또 다른 고향

고향에 돌아온 날 밤에
내 백골이 따라와 한 방에 누웠다.

어둔 방은 우주로 통하고
하늘에선가 소리처럼 바람이 불어온다.

어둠 속에 곱게 풍화작용하는
백골을 들여다보며
눈물짓는 것이 내가 우는 것이냐
백골이 우는 것이냐
아름다운 혼이 우는 것이냐

지조 높은 개는
밤을 새워 어둠을 짖는다.

어둠을 짖는 개는
나를 쫓는 것일 게다.

가자 가자

쫓기우는 사람처럼 가자.

백골 몰래

아름다운 또 다른 고향에 가자.

1941. 9

길

잃어버렸습니다.
무얼 어디다 잃었는지 몰라
두 손이 주머니를 더듬어
길에 나아갑니다.

돌과 돌과 돌이 끝없이 연달아
길은 돌담을 끼고 갑니다.

담은 쇠문을 굳게 닫아
길 위에 긴 그림자를 드리우고

길은 아침에서 저녁으로
저녁에서 아침으로 통했습니다.

돌담을 더듬어 눈물짓다
쳐다보면 하늘은 부끄럽게 푸릅니다.

풀 한 포기 없는 이 길을 걷는 것은

담 저쪽에 내가 남아 있는 까닭이고,

내가 사는 것은 다만,
잃은 것을 찾는 까닭입니다.

1941. 9. 31

별 헤는 밤

계절이 지나가는 하늘에는
가을로 가득 차 있습니다.

나는 아무 걱정도 없이
가을 속의 별들을 다 헤일 듯합니다.

가슴 속에 하나 둘 새겨지는 별을
이제 다 못 헤는 것은
쉬이 아침이 오는 까닭이오,
내일 밤이 남은 까닭이오,
아직 나의 청춘이 다하지 않은 까닭입니다.

별 하나에 추억과
별 하나에 사랑과
별 하나에 쓸쓸함과
별 하나에 동경과
별 하나에 시와
별 하나에 어머니, 어머니,

어머님, 나는 별 하나에 아름다운 말 한마디씩 불러 봅니다. 소학교 때 책상을 같이했던 아이들의 이름과, 패(佩), 경(鏡), 옥(玉) 이런 이국 소녀들의 이름과, 벌써 애기 어머니 된 계집애들의 이름과, 가난한 이웃 사람들의 이름과, 비둘기, 강아지, 토끼, 노새, 노루, 「프랑시스 잠」, 「라이너 마리아 릴케」 이런 시인의 이름을 불러 봅니다.

　이네들은 너무나 멀리 있습니다.
　별이 아슬히 멀듯이,

　어머님,
　그리고 당신은 멀리 북간도에 계십니다.

　나는 무엇인지 그리워
　이 많은 별빛이 내린 언덕 위에
　내 이름자를 써보고,
　흙으로 덮어 버리었습니다.

딴은 밤을 새워 우는 벌레는
부끄러운 이름을 슬퍼하는 까닭입니다.

그러나 겨울이 지나고 나의 별에도 봄이 오면
무덤 위에 파란 잔디가 피어나듯이
내 이름자 묻힌 언덕 위에도
자랑처럼 풀이 무성할 게외다.

1941. 11. 5

2부

습유 작품

일본 유학 이전 작품과 1942년 일본 유학 시절 작품으로
낱장으로 보관되어 온 작품들의 모음

흰 그림자

황혼이 짙어지는 길목에서
하루 종일 시들은 귀를 가만히 기울이면
땅거미 옮겨지는 발자취 소리,

발자취 소리를 들을 수 있도록
나는 총명했던가요.

이제 어리석게도 모든 것을 깨달은 다음
오래 마음 깊은 속에
괴로워하던 수많은 나를
하나, 둘 제 고장으로 돌려보내면
거리 모퉁이 어둠 속으로
소리 없이 사라지는 흰 그림자,

흰 그림자들
연연히 사랑하던 흰 그림자들,

내 모든 것을 돌려보낸 뒤

허전히 뒷골목을 돌아
황혼처럼 물드는 내 방으로 돌아오면

신념이 깊은 의젓한 양처럼
하루 종일 시름없이 풀포기나 뜯자.

1942. 4. 14

사랑스런 추억

봄이 오던 아침, 서울 어느 쪼그만 정거장에서
희망과 사랑처럼 기차를 기다려

나는 플랫폼에 간신한 그림자를 떨어트리고
담배를 피웠다.

내 그림자는 담배연기 그림자를 날리고,
비둘기 한 떼가 부끄러울 것도 없이
나래 속을 속, 속, 햇빛에 비춰, 날았다.

기차는 아무 새로운 소식도 없이
나를 멀리 실어다 주어

봄은 다 가고— 동경(東京) 교외 어느 조용한 하숙방에서,
옛 거리에 남은 나를 희망과 사랑처럼 그리워한다.

오늘도 기차는 몇 번이나 무의미하게 지나가고,

오늘도 나는 누구를 기다려 정거장 가까운 언덕에서 서성
거릴 게다.

―아아 젊음은 오래 거기 남아 있거라.

1942. 5. 13

하늘과 바람과 별과 시

흐르는 거리

으스럼히 안개가 흐른다. 거리가 흘러간다. 저 전차, 자동차, 모든 바퀴가 어디로 흘러가는 것일까? 정박할 아무 항구도 없이, 가련한 많은 사람들을 싣고서, 안개 속에 잠긴 거리는,

거리 모퉁이 붉은 포스트상자를 붙잡고, 섰을라면 모든 것이 흐르는 속에 어렴풋이 빛나는 가로등, 꺼지지 않는 것은 무슨 상징일까? 사랑하는 동무 박(朴)이여! 그리고 김(金)이여! 자네들은 지금 어디 있는가? 끝없이 안개가 흐르는데,

「새로운 날 아침 우리 다시 정답게 손목을 잡아 보세」 몇 자 적어 포스트 속에 떨어트리고, 밤을 새워 기다리면 금 휘장에 금 단추를 삐었고˙ 거인처럼 찬란히 나타나는 배달부, 아침과 함께 즐거운 내림,

이 밤을 하염없이 안개가 흐른다.

1942. 5. 12

* 삐다: 명찰 등을 핀을 사용하여 다는 행동 (연변지역의 방언)

쉽게 씌어진 시

창밖에 밤비가 속살거려
육첩방(六疊房)은 남의 나라,

시인이란 슬픈 천명인 줄 알면서도
한 줄 시를 적어 볼까,

땀내와 사랑내 포근히 품긴
보내주신 학비 봉투를 받아

대학 노―트를 끼고
늙은 교수의 강의를 들으러 간다.

생각해 보면 어린 때 동무를
하나, 둘 죄다 잃어버리고

나는 무얼 바라
나는 다만, 홀로 침전하는 것일까?

* 육첩방(六疊房): 일본식 방의 명칭으로 다다미 6개 넓이의 방

인생은 살기 어렵다는데
시가 이렇게 쉽게 씌어지는 것은
부끄러운 일이다.

육첩방은 남의 나라
창밖에 밤비가 속살거리는데,

등불을 밝혀 어둠을 조금 내몰고,
시대처럼 올 아침을 기다리는 최후의 나,

나는 나에게 작은 손을 내밀어
눈물과 위안으로 잡는 최초의 악수.

1942. 6. 3

봄

봄이 혈관 속에 시내처럼 흘러
돌, 돌, 시내 가까운 언덕에
개나리, 진달래, 노—란 배추꽃,

삼동(三冬)을 참아온 나는
풀포기처럼 피어난다.

즐거운 종달새야
어느 이랑에서나 즐거웁게 솟쳐라.

푸르른 하늘은
아른아른 높기도 한데……

참회록

파란 녹이 낀 구리거울 속에
내 얼굴이 남아있는 것은
어느 왕조의 유물이기에
이다지도 욕될까

나는 나의 참회의 글을 한 줄에 줄이자
—만 이십사 년 일 개월을
　무슨 기쁨을 바라 살아왔던가

내일이나 모레나 그 어느 즐거운 날에
나는 또 한 줄의 참회록을 써야 한다.
—그때 그 젊은 나이에
　왜 그런 부끄런 고백을 했던가

밤이면 밤마다 나의 거울을
손바닥으로 발바닥으로 닦아 보자.

그러면 어느 운석(隕石) 밑으로 홀로 걸어가는

슬픈 사람의 뒷모양이

거울 속에 나타나 온다.

1942. 1. 24

간

바닷가 햇빛 바른 바위 위에
습한 간(肝)을 펴서 말리우자.

코카서스 산중에서 도망해 온 토끼처럼
둘러리를 빙빙 돌며 간을 지키자.

내가 오래 기르던 여윈 독수리야!
와서 뜯어 먹어라, 시름없이

너는 살지고
나는 여위어야지, 그러나,

거북이야!
다시는 용궁의 유혹에 안 떨어진다.

프로메테우스 불쌍한 프로메테우스
불 도적한 죄로 목에 맷돌을 달고

끝없이 침전하는 프로메테우스.

1941. 11. 29

위로

거미란 놈이 흉한 심보로 병원 뒤뜰 난간과 꽃밭 사이 사람 발이 잘 닿지 않는 곳에 그물을 쳐놓았다. 옥외(屋外)요양을 받는 젊은 사나이가 누워서 쳐다보기 바르게—

나비가 한 마리 꽃밭에 날아들다 그물에 걸리었다. 노—란 날개를 파득거려도 파득거려도 나비는 자꾸 감기우기만 한다. 거미가 쏜살같이 가더니 끝없는 끝없는 실을 뽑아 나비의 온몸을 감아버린다. 사나이는 긴 한숨을 쉬었다.

나이보다 무수한 고생 끝에 때를 잃고 병을 얻은 이 사나이를 위로할 말이— 거미줄을 헝클어 버리는 것밖에 위로의 말이 없었다.

1940. 12. 3

팔복

-마태복음 5장 3~12

슬퍼하는 자는 복이 있나니

슬퍼하는 자는 복이 있나니

슬퍼하는 자는 복이 있나니

슬퍼하는 자는 복이 있나니

슬퍼하는 자는 복이 있나니

슬퍼하는 자는 복이 있나니

슬퍼하는 자는 복이 있나니

슬퍼하는 자는 복이 있나니

저희가 영원히 슬플 것이오.

1940. 12

하늘과 바람과 별과 시

못 자는 밤

하나, 둘, 셋, 네
....
밤은
많기도 하다.

1940

산림(山林)

시계가 자근자근 가슴을 때려
불안한 마음을 산림이 부른다.

천년 오랜 연륜에 짜들은 유암한 산림이
고달픈 한 몸을 포옹할 인연을 가졌나보다.

산림의 검은 파동 위로부터
어둠은 어린 가슴을 짓밟고,

이파리를 흔드는 저녁바람이
쏴— 공포에 떨게한다.

멀리 첫여름의 개구리 재질댐에
흘러간 마을의 과거는 아질타*.

나무 틈으로 반짝이는 별만이

* 아질타: '아찔하다'의 영탄형 줄임말로 보임.

새날의 희망으로 나를 이끈다.

1936. 6. 26

3부

습작기의 시

1934년 12월부터 1937년 3월까지의 시고집 『나의 습작기의 시 아닌 시』,
1936년부터 1939년 9월까지의 시고집 『창』에 수록된 습작기의 작품 모음

달같이

연륜이 자라듯이
달이 자라는 고요한 밤에
달같이 외로운 사랑이
가슴 하나 뻐근히
연륜처럼 피어 나간다.

1939. 9

고추 밭

시들은 잎새 속에서
고 빨—간 살을 드러내 놓고,
고추는 방년된* 아가씬 양
땍볕에 자꾸 익어간다.

할머니는 바구니를 들고
밭머리에서 어정거리고
손가락 너어는** 아이는
할머니 뒤만 따른다.

1938. 10. 26

* 방년된: 20세 전후가 된
** 손가락 너어는: 손가락을 빠는

아우의 인상화

붉은 이마에 싸늘한 달이 서리어
아우의 얼굴은 슬픈 그림이다.

발걸음을 멈추어
살그머니 앳된 손을 잡으며
「너는 자라 무엇이 되려니」
「사람이 되지」
아우의 설운 진정코 설운 대답이다.

슬며―시 잡았던 손을 놓고
아우의 얼굴을 다시 들여다 본다.

싸늘한 달이 붉은 이마에 젖어
아우의 얼굴은 슬픈 그림이다.

1938. 9. 15

사랑의 전당

순아 너는 내 전에 언제 들어왔던 것이냐?
내사 언제 네 전에 들어갔던 것이냐?

우리들의 전당은
고풍한 풍습이 어린 사랑의 전당

순아 암사슴처럼 수정눈을 나려 감아라.
난 사자처럼 엉크린° 머리를 고루련다.

우리들의 사랑은 한낱 벙어리였다.

청춘!
성스런 촛대에 열(熱)한 불이 꺼지기 전
순아 너는 앞문으로 내 달려라.

어둠과 바람이 우리 창에 부닥치기 전
나는 영원한 사랑을 안은 채

* 엉크린: 헝클어진

뒷문으로 멀리 사라지련다.

이제,
네게는 삼림 속의 아늑한 호수가 있고
내게는 준험한 산맥이 있다.

1938. 6. 19

이적

발에 터분한 것을 다 빼어 버리고
황혼이 호수 위로 걸어 오듯이
나도 사뿐사뿐 걸어보리이까?

내사 이 호수가로
부르는 이 없이
불리워 온 것은
참말 이적이외다.

오늘따라
연정, 자홀, 시기 이것들이
자꾸 금메달처럼 만져지는구려.

하나, 내 모든 것을 여념 없이,
물결에 써서 보내려니
당신은 호면으로 나를 불러내소서.

1938. 6. 19

비오는 밤

쏴— 철석! 파도소리 문살에 부서져
잠 살포시 꿈이 흩어진다.

잠은 한낱 검은 고래떼처럼 설레어
달랠 아무런 재주도 없다.

불을 밝혀 잠옷을 정성스리 여미는
삼경.
염원.

동경(憧憬)의 땅 강남에 또 홍수질 것만 싶어
바다의 향수보다 더 호젓해진다.

1938. 6. 11

산골물

괴로운 사람아 괴로운 사람아
옷자락 물결 속에서도
가슴속 깊이 돌돌 샘물이 흘러
이 밤을 더불어 말할 이 없도다.
거리의 소음과 노래 부를 수 없도다.
그신듯이 냇가에 앉았으니
사랑과 일을 거리에 맡기고
가만히 가만히
바다로 가자.
바다로 가자.

1939

유언

흰한 방에 유언은 소리없는 입놀림.

—바다에 진주 캐러 갔다는 아들
　해녀와 사랑을 속삭인다는 맏아들
　이밤에사 돌아오나 내다 봐라—

평생 외로운 아버지의 운명,
감기우는 눈에 슬픔이 어린다.

외딴집에 개가 짖고,
휘양찬 달이 문살에 흐르는 밤.

1937. 10. 24
1939. 2. 6 수정

창

쉬는 시간마다
나는 창녘으로 합니다.

—창은 산 가르침

이글이글 불을 피워주소
이방에 찬 것이 서럽니다.

단풍잎 하나
맴도나 보니
아마도 자그만한 선풍(旋風)이 인 게외다.

그래도 싸느란 유리창에
햇살이 쨍쨍한 무렵
상학종*이 울어만 싶습니다.

1937. 10

* 상학종: 배움 시간을 알리는 종

바다

실어다 뿌리는
바람조차 씨원타*.

솔나무 가지마다 샛춤히
고개를 돌리어 뻐들어지고,

밀치고
밀치운다.

이랑을 넘은 물결은
폭포처럼 피어오른다.

해변에 아이들이 모인다
찰찰 손을 씻고 구보로**

바다는 자꾸 섧어진다.

* 씨원타: '시원하다'의 강조표현
** 구보로: 미상, 윤일주는 '구보(驅步)'로 보았음.

갈매기의 노래에……

돌아다 보고 돌아다 보고
돌아가는 오늘의 바다여!

1937. 9
원산 송도원에서

비로봉

만상을
굽어보기란—

무릎이
오들오들 떨린다.

백화(白樺)
어려서 늙었다.

새가 나비가 된다

정말 구름이
비가 된다.

옷자락이
칩다.

1937. 9

* 칩다: '춥다'의 방언 (강원,경상,함경)

산협의 오후

내 노래는 오히려
섧은 산울림.

골짜기 길에
떨어진 그림자는
너무나 슬프구나.

오후의 명상은
아— 졸려.

1937. 9

명상

가칠가칠한 머리칼은 오막살이 처마끝,
휘파람에 콧마루가 서운한 양 간질키오˙.

들창 같은 눈은 가볍게 닫혀,
이 밤에 연정은 어둠처럼 골골히˙˙ 스며드오.

1937. 8. 20

˙ 간질키다: '간지럽다'의 방언 (연변지역)
˙˙ 골골히: 골골이, 구석구석마다 샅샅이

소낙비

번개, 뇌성, 왁자지근 뚜드려
머—언 도회지에 낙뢰가 있어만 싶다.

벼룻장 엎어놓은 하늘로
살 같은 비가 살처럼 쏟아진다.

손바닥만한 나의 정원이
마음같이 흐린 호수되기 일쑤다.

바람이 팽이처럼 돈다.
나무가 머리를 이루 잡지 못한다.

내 경건한 마음을 모셔들여
노아 때 하늘을 한 모금 마시다.

1937. 8. 9

한난계

싸늘한 대리석 기둥에 모가지를 비틀어 맨 한난계,
문득 들여다볼 수 있는 운명한 오척육촌의 허리 가는
수은주,
마음은 유리관보다 맑소이다.

혈관이 단조로워 신경질인 여론동물
가끔 분수 같은 냉침을 억지로 삼키기에
정력을 낭비합니다.

영하로 손가락질할 수돌네 방처럼 추운 겨울보다
해바라기가 만발할 팔월 교정이 이상곱소이다*.
피끓을 그 날이—

어제는 막 소낙비가 퍼붓더니 오늘은 좋은 날씨올시다.
동저고리 바람에 언덕으로, 숲으로 하시구려—
이렇게 가만가만 혼자서 귓속 이야기를 하였습니다.
나는 또 내가 모르는 사이에—

* 이상곱다: '이상적이다'의 감탄형으로 생각되나 어원 불명.

나는 아마도 진실한 세기의 계절을 따라,

하늘만 보이는 울타리 안을 뛰쳐,

역사 같은 포지션을 지켜야 봅니다.

1937. 7. 1

풍경

봄바람을 등진 초록빛 바다
쏟아질 듯 쏟아질 듯 위태롭다.

잔주름 치마폭의 두둥실거리는 물결은
오스라질듯 한껏 경쾌롭다.

마스트 끝에 붉은 깃발이
여인의 머리칼처럼 나부낀다.

이 생생한 풍경을 앞세우며 뒤세우며
온 하루 거닐고 싶다.

─우중충한 오월 하늘 아래로
─바다빛 포기포기에 수놓은 언덕으로

1937. 5. 29

달밤

흐르는 달의 흰 물결을 밀쳐
여윈 나무그림자를 밟으며,
북망산을 향한 발걸음은 무거웁고
고독을 반려한 마음은 슬프기도 하다.

누가 있어만 싶던 묘지엔 아무도 없고,
정적만이 군데군데 흰 물결에 폭 젖었다.

1937. 4. 15

장

이른 아침 아낙네들은 시들은 생활을
바구니 하나 가득 담아 이고⋯⋯
업고 지고⋯⋯ 안고 들고⋯⋯
모여드오 자꾸 장에 모여드오.

가난한 생활을 골골이 벌여놓고
밀려가고⋯⋯ 밀려오고⋯⋯
저마다 생활을 외치오⋯⋯ 싸우오.

온 하루 올망졸망한 생활을
되질하고 저울질하고 자질하다가˙
날이 저물어 아낙네들이
쓴 생활과 바꾸어 또 이고 돌아가오.

1937. 봄

* 자질하다가: 자로 재는 일을 하다가

밤

외양간 당나귀
아—ㅇ 앙 외마디 울음 울고,

당나귀 소리에
으—아 아 애기 소스라쳐 깨고,

등잔에 불을 다오.

아버지는 당나귀에게
짚을 한 키 담아주고,

어머니는 애기에게
젖을 한 모금 먹이고,

밤은 다시 고요히 잠드오.

1937. 3

황혼이 바다가 되어

하루도 검푸른 물결에
흐느적 잠기고…… 잠기고……

저― 웬 검은 고기떼가
물든 바다를 날아 횡단할꼬.

낙엽이 된 해초
해초마다 슬프기도 하오.

서창(西窓)에 걸린 해말간 풍경화
옷고름 너어는 고아의 설움

이제 첫 항해하는 마음을 먹고
방바닥에 나뒹구오…… 뒹구오……

황혼이 바다가 되어
오늘도 수많은 배가

나와 함께 이 물결에 잠겼을게오.

1937. 1

하늘과 바람과 별과 시

아침

휙, 휙, 휙, 소꼬리가 부드러운 채찍질로
어둠을 쫓아,
캄, 캄, 어둠이 깊다깊다 밝으오.

이제 이 동리의 아침이
풀살 오른 소엉덩이처럼 푸드오.
이 동리 콩죽 먹은 사람들이
땀물을 뿌려 이 여름을 길렀오.

잎, 잎, 풀잎마다 땀방울이 맺혔오.
구김살 없는 이 아침을
심호흡하오 또 하오.

1936

빨래

빨래줄에 두 다리를 드리우고
흰 빨래들이 귓속 이야기하는 오후,

쨍쨍한 칠월 햇발은 고요히도
아담한 빨래에만 달린다.

1936

하늘과 바람과 별과 시

산상(山上)

거리가 바둑판처럼 보이고,
강물이 뱀의 새끼처럼 기는
산 위에까지 왔다.
아직쯤은 사람들이
바둑돌처럼 벌여 있으리라.

한나절의 태양이
함석 지붕에만 비치고,
굼벵이 걸음을 하던 기차가
정거장에 섰다가 검은 내를 토하고
또, 걸음발을 탄다.

텐트 같은 하늘이 무너져
이 거리를 덮을까 궁금하면서
좀더 높은 데로 올라가고 싶다.

1936. 5

* 걸음발을 탄다: 걷기 시작한다. 현재도 연변지방에서 사용되고 있음.

양지쪽

저쪽으로 황토 실은 이 땅 봄바람이
호인의 물레바퀴처럼 돌아 지나고

아롱진 사월 태양의 손길이
벽을 등진 설은 가슴마다 올올이 만진다.

지도째기 놀음˙에 뉘 땅인 줄 모르는 애 둘이,
한 뼘 손가락이 짧음을 한함이여.

아서라! 가뜩이나 엷은 평화가,
깨어질까 근심스럽다.

1936. 6. 26

* 지도째기 놀음: 일종의 땅따먹기 놀음. 시인이 만든 말인 것으로 보임.

닭

한 간 계사 그 너머 창공이 깃들어
자유의 향토를 잊은 닭들이
시들은 생활을 주잘대고,
생산의 고로를 부르짖었다.

음산한 계사에서 쏠려 나온
외래종 레그혼,
학원에서 새 무리가 밀려나오는
삼월의 맑은 오후도 있다.

닭들은 녹아드는 두엄을 파기에
아담한 두 다리가 분주하고
굶주렸던 주두리˙가 바지런하다.
두 눈이 붉게 여물도록ㅡ

1936. 봄

* 주두리: '주둥이'의 함경방언

가슴 1

소리없는 북

답답하면 주먹으로

뚜드려 보오.

그래 봐도

후—

가—는 한숨보다 못하오.

1936. 3. 25

평양에서

가슴 2[*]

불 꺼진 화독을
안고 도는 겨울밤은 깊었다.

재만 남은 가슴이
문풍지 소리에 떤다.

1936. 7. 24

---

[*] 윤동주 육필원고에는 「가슴 3」으로 되어있음.
1955년 정음사 간행 『하늘과 바람과 별과 시』에는 「가슴2」로 되어있음.

황혼

햇살은 미닫이 틈으로

길죽한 일자를 쓰고…… 지우고……

까마귀떼 지붕 위로

둘, 둘, 셋, 넷, 자꾸 날아 지난다.

쑥쑥, 꿈틀꿈틀 북쪽 하늘로,

내사…………

북쪽 하늘에 나래를 펴고 싶다.

1936. 3. 25
평양에서

남쪽 하늘

제비는 두 나래를 가지었다.
시산한 가을날—

어머니의 젖가슴이 그리운
서리 나리는 저녁—

어린 영은 쪽나래˚의 향수를 타고
남쪽 하늘에 떠돌 뿐—

1935. 10
평양에서

* 쪽나래: 외날개

꿈은 깨어지고

꿈은 눈을 떴다
그윽한 유무에서

노래하던 종달이
도망쳐 날아가고

지난날 봄타령하던
금잔디 밭은 아니다

탑은 무너졌다
붉은 마음의 탑이—

손톱으로 새긴 대리석 탑이—
하루 저녁 폭풍에 여지없이도

오— 황폐의 쑥밭
눈물과 목메임이여!

꿈은 깨어졌다.

탑은 무너졌다.

1935. 10. 27
1936. 7. 27 수정

이런 날

사이좋은 정문의 두 돌기둥 끝에서
오색기와 태양기가 춤을 추는 날,
금을 그은 지역의 아이들이 즐거워하다.

아이들에게 하루의 건조한 학과로
햇말간 권태가 깃들고
「모순」 두 자를 이해치 못하도록
머리가 단순하였구나.

이런 날에는
잃어버린 완고하던 형을
부르고 싶다.

1936. 6. 10

* 오색기는 만주제국의 국기, 태양기는 일본국기. 만주 제국에서는 국경일에 두 국기를 대문 좌우에 나란히 걸었었다.

비둘기

안아보고 싶게 귀여운

산비둘기 일곱 마리

하늘 끝까지 보일듯이 맑은 주일날 아침에

벼를 거두어 빼빼한* 논에서

앞을 다투어 요**를 주으며

어려운 이야기를 주고 받으오.

날씬한 두 나래로 조용한 공기를 흔들어

두 마리가 나오.

집에 새끼 생각이 나는 모양이오.

1936. 2. 10

---

* 빼빼한: 아무것도 없는, 깨끗한 상태를 가리킴. '빤빤함'으로도 씀.
** 요: '모이'의 함북 방언

창공

그 여름날
열정의 포플러는
오려는 창공의 푸른 젖가슴을
어루만지려
팔을 펼쳐, 흔들거렸다.
끓는 태양 그늘 좁다란 지점에서.

천막 같은 하늘 밑에서
떠들던 소나기
그리고 번개를
춤추던 구름은 이끌고
남방으로 도망하고
높다랗게 창공은 한 폭으로
가지 위에 퍼지고
둥근달과 기러기를 불러왔다.

푸드른* 어린 마음이 이상(理想)에 타고

* 푸드른: '살찌다'의 북도사투리

그의 동경의 날 가을에
조락의 눈물을 비웃다.

1935. 10. 20
평양에서

거리에서

달밤의 거리
광풍이 휘날리는
북국의 거리
도시의 진주
전등밑을 헤엄치는
쪼그만 인어(人魚) 나.
달과 전등에 비쳐
한 몸에 둘셋의 그림자,
커졌다 작아졌다.

괴롬의 거리
회색빛 밤거리를
걷고 있는 이 마음.
선풍이 일고 있네
외로우면서도
한 갈피 두 갈피
피어나는 마음의 그림자.

푸른 공상이

높아졌다 낮아졌다.

1935. 1. 18

삶과 죽음

삶은 오늘도 죽음의 서곡을 노래하였다.
이 노래가 언제나 끝나랴.

세상 사람은—
뼈를 녹여내는 듯한 삶의 노래에
춤을 춘다.
사람들은 해가 넘어가기 전
이 노래 끝의 공포를
생각할 사이가 없었다.

(나는 이것만은 알았다.
이 노래의 끝을 맛본 이들은
자기만 알고
다음 노래의 맛을 알으켜 주지 아니 하였다.)

하늘 복판에 아로새기듯이
이 노래를 부른 자가 누구뇨.
그리고 소낙비 그친 뒤같이도

이 노래를 그친 자가 누구뇨.

죽고 뼈만 남은
죽음의 승리자 위인들!

1934. 12. 24

초 한 대

초 한 대—
내 방에 품긴 향내를 맡는다.

광명의 제단이 무너지기 전
나는 깨끗한 제물을 보았다.

염소의 갈비뼈 같은 그의 몸
그의 생명인 심지까지
백옥 같은 눈물과 피를 흘려
불살라 버린다.

그리고도 책머리에 아롱거리며
선녀처럼 촛불은 춤을 춘다.

매를 본 꿩이 도망가듯이
암흑이 창구멍으로 도망한
나의 방에 품긴

제물의 위대한 향내를 맛보노라.

1934. 12. 24

4부

동시 · 동요

『나의 습작기의 시 아닌 시』와 『창』에 수록된 작품들 중
동시와 동요 작품의 모음

산울림

까치가 울어서
산울림
아무도 못들은
산울림

까치가 들었다
산울림
저혼자 들었다
산울림

1938. 5

해바라기 얼굴

누나의 얼굴은
해바라기 얼굴
해가 금방 뜨자
일터에 간다.

해바라기 얼굴은
누나의 얼굴
얼굴이 숙어들어
집으로 온다.

귀뚜라미와 나와

귀뚜라미와 나와
잔디밭에서 이야기했다.

귀뜰귀뜰
귀뜰귀뜰

아무게도 알으켜 주지 말고
우리들만 알자고 약속했다.

귀뜰귀뜰
귀뜰귀뜰

귀뚜라미와 나와
달밝은 밤에 이야기했다.

애기의 새벽

우리 집에는
닭도 없단다.
다만
애기가 젖 달라 울어서
새벽이 된다.

우리 집에는
시계도 없단다.
다만
애기가 젖 달라 보채어
새벽이 된다.

햇빛 · 바람

손가락에 침 발라
쏘―옥, 쏙, 쏙
장에 가는 엄마 내다보려
문풍지를
쏘―옥, 쏙, 쏙

아침에 햇빛이 빤짝,

손가락에 침 발라
쏘―옥, 쏙, 쏙
장에 가신 엄마 돌아오나
문풍지를
쏘―옥, 쏙, 쏙

저녁에 바람이 솔솔.

반딧불

가자, 가자, 가자,
숲으로 가자.
달쪼각을 주으러
숲으로 가자.

그믐밤 반딧불은
부서진 달쪼각

가자, 가자, 가자,
숲으로 가자.
달쪼각을 주으러
숲으로 가자.

둘 다

바다도 푸르고
하늘도 푸르고

바다도 끝없고
하늘도 끝없고

바다에 돌 던지고
하늘에 침 뱉고

바다는 벙글
하늘은 잠잠

거짓부리

똑, 똑, 똑
문 좀 열어주세요
하룻밤 자고 갑시다.
밤은 깊고 날은 추운데
거, 누굴까?
문 열어주고 보니
검둥이 꼬리가
거짓부리 한 걸.

꼬끼요, 꼬끼요
닭알 낳았다
간난아! 어서 집어가거라.
간난이 뛰어가 보니
닭알은 무슨 닭알,
고놈의 암탉이
대낮에 새빨간
거짓부리 한 걸.

눈

지난밤에
눈이 소—복이 왔네

지붕이랑
길이랑 밭이랑
추워한다고
덮어주는 이불인가 봐

그러기에
추운 겨울에만 나리지

1936. 12

참새[*]

가을 지난 마당을
백로지인 양
참새들이
글씨공부 하지요

짹, 짹,
입으론
부르면서
두 발로는
글씨공부 하지요

하루 종일
글씨공부 하여도
짹자 한 자
밖에 더 못쓰는 걸

1936. 12월 경

* 위 작품은 동일 제목으로 한번 씌어졌다가 완전 삭제된 후 다시 씌어진 것임.

버선본

어머니!
누나 쓰다버린 습자지는
두었다간 뭣에 쓰나요?

그런 줄 몰랐더니
습자지에다 내 버선 놓고
가위로 오려
버선본 만드는걸.

어머니!
내가 쓰다 버린 몽당연필은
두었다간 뭣에 쓰나요?

그런 줄 몰랐더니
천 위에다 버선본 놓고
침 발라 점을 찍곤
내 버선 만드는 걸.

1936년 12월 초

편지

누나!
이 겨울에도
눈이 가득히 왔습니다.

흰 봉투에
눈을 한 줌 넣고
글씨도 쓰지 말고
우표도 붙이지 말고
말쑥하게 그대로
편지를 부칠까요?

누나 가신 나라엔
눈이 아니 온다기에.

봄

우리 애기는
아래 발치에서 코올코올

고양이는
부뚜막에서 가릉가릉

애기 바람이
나뭇가지에 소올소올

아저씨 햇님이
하늘 한가운데서 째앵째앵.

1936. 10

무얼 먹구 사나

바닷가 사람
물고기 잡아 먹구 살구

산꼴엣 사람
감자 구워 먹구 살구

별나라 사람
무얼 먹구 사나.

1936. 10

1937. 3 수정

굴뚝

산골짜기 오막살이 낮은 굴뚝엔
몽기몽기 웨인 내굴* 대낮에 솟나,

감자를 굽는 게지. 총각 애들이
깜박깜박 검은 눈이 모여 앉아서
입술에 꺼멓게 숯을 바르고
옛이야기 한 커리**에 감자 하나씩.

산골짜기 오막살이 낮은 굴뚝엔
살랑살랑 솟아나네 감자 굽는 내.

1936. 가을

---

* 내굴: '연기'의 방언 (평안, 함경도)

** 커리: '켤레'의 평북, 함경, 강원 방언으로 연변지역에서는 켤레를 컬레라고도 하며 "이야기 한 켤레 해봐" 라는 식으로 사용함.

햇비

아씨처럼 나린다
보슬보슬 햇비
맞아주자, 다같이
옥수수대처럼 크게
닷자엿자 자라게
햇님이 웃는다
나보고 웃는다.

하늘다리 놓였다
알롱달롱 무지개
노래하자, 즐겁게
동무들아 이리 오나
다같이 춤을 추자
햇님이 웃는다
즐거워 웃는다.

1936. 9. 9

빗자루

요―리조리 베면 저고리 되고
이―렇게 베면 큰 총 되지.
누나하고 나하고
가위로 종이 쏠았더니
어머니가 빗자루 들고
누나 하나 나 하나
엉덩이를 때렸소
방바닥이 어지럽다고―.

아니 아―니
고놈의 빗자루가
방바닥 쓸기 싫으니
그랬지 그랬어
괘씸하여 벽장 속에 감췄더니
이튿날 아침 빗자루가 없다고
어머니가 야단이지요.

1936. 9. 9
1936. 12 이후 수정

기왓장 내외

비오는날 저녁에 기왓장내외
잃어버린 외아들 생각나선지
꼬부라진 잔등을 어루만지며
쭈룩쭈룩 구슬피 울음웁니다.

대궐지붕 위에서 기왓장내외
아름답던 옛날이 그리워선지
주름잡힌 얼굴을 어루만지며
물끄러미 하늘만 쳐다봅니다.

오줌싸개 지도

빨랫줄에 걸어 논
요에다 그린 지도는
지난밤에 내 동생
오줌싸서 그린 지도

꿈에 가본 엄마 계신
별나라 지돈가?
돈 벌러간 아빠 계신
만주땅 지돈가?

1936

병아리

「뾰, 뾰, 뾰
엄마 젖 좀 주」
병아리 소리.

「꺽, 꺽, 꺽
오냐, 좀 기다려」
엄마닭 소리.

좀 있다가
병아리들은
엄마 품으로
다 들어갔지요.

1936. 1. 6
1936. 11 수정

조개껍질

-바닷물소리 듣고 싶어-

아롱아롱 조개껍데기
울 언니 바닷가에서
주워 온 조개껍데기

여긴여긴 북쪽 나라요
조개는 귀여운 선물
장난감 조개껍데기

데굴데굴 굴리며 놀다
짝 잃은 조개껍데기
한 짝을 그리워하네

아릉아릉 조개껍데기
나처럼 그리워하네
물소리 바닷물 소리

1935. 12

겨울

처마 밑에
시래기 다람이*
바삭바삭
추워요.

길바닥에
말똥 동그래미
달랑달랑
얼어요.

1936. 겨울

---

* 다람이: 다래끼, 아가리가 좁고 바닥이 넓은 바구니. 물건을 담고 있는 다래끼의
수로써 그 수량을 세는 단위.

5부

산문집

산문시 1편을 포함한 산문 작품 모음집

트루게네프의 언덕

나는 고개길을 넘고 있었다…… 그때 세 소년 거지가 나를 지나쳤다.

첫째 아이는 잔등에 바구니를 둘러메고, 바구니 속에는 사이다병, 간즈매* 통, 쇳조각, 헌 양말짝 등 폐물이 가득하였다.

둘째 아이도 그러하였다.

셋째 아이도 그러하였다.

텁수룩한 머리털, 시커먼 얼굴에 눈물 고인 충혈된 눈, 색 잃어 푸르스름한 입술, 너덜너덜한 남루, 찢겨진 맨발,

아—얼마나 무서운 가난이 이 어린 소년들을 삼키었느냐!

나는 측은한 마음이 움직이었다.

나는 호주머니를 뒤지었다. 두툼한 지갑, 시계, 손수건…… 있을 것은 죄다 있었다.

그러나 무턱대고 이것들을 내줄 용기는 없었다. 손으로 만지작만지작 거릴 뿐이었다.

다정스레 이야기나 하리라 하고 「얘들아」 불러 보았다.

첫째 아이가 충혈된 눈으로 흘끔 돌아다볼 뿐이었다.

* 간즈매: 일본어로 통조림(缶詰)을 말함.

둘째 아이도 그러할 뿐이었다.

셋째 아이도 그러할 뿐이었다.

그리고는 너는 상관없다는 듯이 자기네끼리 소근소근 이야기하면서 고개로 넘어갔다.

언덕 위에는 아무도 없었다.

짙어가는 황혼이 밀려들 뿐—.

1939. 9

달을 쏘다

번거롭던 사위(四圍)가 잠잠해지고 시계 소리가 또렷하나 보니 밤은 저윽이 깊을 대로 깊은 모양이다. 보던 책자를 책상머리에 밀어놓고 잠자리를 수습한 다음 잠옷을 걸치는 것이다. 「딱」스위치 소리와 함께 전등을 끄고 창녘의 침대에 드러누우니 이때까지 밝은 휘양찬 달밤이었던 것을 감각치 못하였댔다. 이것도 밝은 전등의 혜택이었을까.

나의 누추한 방이 달빛에 잠겨 아름다운 그림이 된다는 것 보담도 오히려 슬픈 선창(船艙)이 되는 것이다. 창살이 이마로부터 콧마루, 입술, 이렇게 하얀 가슴에 여민 손등에까지 어른거려 나의 마음을 간지르는 것이다. 옆에 누운 분의 숨소리에 방은 무시무시해진다. 아이처럼 황황해지는 가슴에 눈을 치떠서 밖을 내다보니 가을 하늘은 역시 맑고 우거진 송림은 한 폭의 묵화다. 달빛은 솔가지에 쏟아져 바람인 양 솨—소리가 날 듯하다. 들리는 것은 시계소리와 숨소리와 귀뚜라미 울음뿐 벅적거리던 기숙사도 절간보다 더 한층 고요한 것이 아니냐?

나는 깊은 사념에 잠기우기 한창이다. 딴은 사랑스런 아가씨를 사유(私有)할 수 있는 아름다운 상화(想華)도 좋고, 어

릴 적 미련을 두고 온 고향에의 향수도 좋거니와 그보담 손
쉽게 표현 못할 심각한 그 무엇이 있다.

바다를 건너 온 H군의 편지 사연을 곰곰 생각할수록 사람
과 사람 사이의 감정이란 미묘한 것이다. 감상적인 그에게도
필연코 가을은 왔나 보다.

편지는 너무나 지나치지 않았던가. 그 중 한 토막,

「군아, 나는 지금 울며울며 이 글을 쓴다. 이 밤도 달이 뜨
고, 바람이 불고, 인간인 까닭에 가을이란 흙냄새도 안다. 정
의 눈물, 따뜻한 예술학도였던 정의 눈물도 이 밤이 마지막
이다.」

또 마지막 켠으로 이런 구절이 있다.

「당신은 나를 영원히 쫓아버리는 것이 정직할 것이오.」
나는 이 글의 뉘앙스를 해득할 수 있다.

그러나 사실 나는 그에게 아픈 소리 한 마디 한 일이 없고
서러운 글 한쪽 보낸 일이 없지 아니한가. 생각컨대 이 죄는
다만 가을에게 지워 보낼 수밖에 없다.

홍안서생(紅顔書生)으로 이런 단안(斷案)을 내리는 것은
외람한 일이나 동무란 한낱 괴로운 존재요, 우정이란 진정코
위태로운 잔에 떠 놓은 물이다. 이 말을 반대할 자 누구랴.
그러나 지기(知己) 하나 얻기 힘든다 하거늘 알뜰한 동무 하
나 잃어버린다는 것이 살을 베어내는 아픔이다.

나는 나를 정원에서 발견하고 창을 넘어 나왔다든가 방문을 열고 나왔다든가 왜 나왔느냐 하는 어리석은 생각에 두뇌를 괴롭게 할 필요는 없는 것이다. 다만 귀뚜라미 울음에도 수줍어지는 코스모스 앞에 그윽히 서서 닥터·삐링스의 동상 그림자처럼 슬퍼지면 그만이다. 나는 이 마음을 아무에게나 전가시킬 심보는 없다. 옷깃은 민감이어서 달빛에도 싸늘히 추워지고 가을 이슬이란 선득선득하여서 서러운 사나이의 눈물인 것이다.

　발걸음은 몸뚱이를 옮겨 못가에 세워줄 때 못 속에도 역시 가을이 있고, 삼경(三更)이 있고, 나무가 있고, 달이 있다.

　그 찰나, 가을이 원망스럽고 달이 미워진다. 더듬어 돌을 찾아 달을 향하여 죽어라고 팔매질을 하였다. 통쾌! 달은 산산히 부서지고 말았다. 그러나 놀랐던 물결이 잦아들 때 오래잖아 달은 도로 살아난 것이 아니냐, 문득 하늘을 쳐다보니 얄미운 달은 머리 위에서 빈정대는 것을……

　나는 꼿꼿한 나뭇가지를 고나* 띠를 째서 줄을 메워 훌륭한 활을 만들었다. 그리고 좀 탄탄한 갈대로 화살을 삼아 무사(武士)의 마음을 먹고 달을 쏘다.

1938. 10

---

* 나무가지를 고나: 나무가지를 골라

별똥 떨어진 데

　밤이다.

　하늘은 푸르다 못해 농회색으로 캄캄하나 별들만은 또렷
또렷 빛난다. 침침한 어둠뿐만 아니라 오삭오삭 춥다. 이 육
중한 기류 가운데 자조하는 한 젊은이가 있다. 그를 나라고
불러두자.

　나는 이 어둠에서 배태되고 이 어둠에서 생장하여서 아직
도 이 어둠 속에 그대로 생존하나 보다. 이제 내가 갈 곳이
어딘지 몰라 허우적거리는 것이다. 하기는 나는 세기의 초점
인 듯 초췌하다. 얼핏 생각하기에는 내 바닥을 반듯이 받들
어 주는 것도 없고 그렇다고 내 머리를 갑자기 내려 누르는
아무것도 없는 듯하다마는 내막은 그렇지도 않다. 나는 도무
지 자유스럽지 못하다. 다만 나는 없는 듯 있는 하루살이처
럼 허공에 부유하는 한 점에 지나지 않는다. 이것이 하루살
이처럼 경쾌하다면 마침 다행할 것인데 그렇지를 못하구나!

　이 점의 대칭 위치에 또 하나 다른 밝음의 초점이 도사리
고 있는 듯 생각된다. 덥석 움키었으면 잡힐 듯도 하다.

　만은 그것을 휘잡기에는 나 자신이 둔질(鈍質)이라는 것보
다 오히려 내 마음에 아무런 준비도 배포치 못한 것이 아니

냐. 그리고 보니 행복이란 별스런 손님을 불러들이기에도 또 다른 한 가닥 구실을 치르지 않으면 안 될까 보다.

이 밤이 나에게 있어 어린 적처럼 공포의 장막인 것은 벌써 흘러간 전설이오, 따라서 이 밤이 향락의 도가니라는 이야기도 나의 염두에선 아직 소화시키지 못할 돌덩이다. 오로지 밤은 나의 도전의 호적(好敵)이면 그만이다.

이것이 생생한 관념세계에만 머무른다면 애석한 일이다. 어둠 속에 깜박깜박 조을며 다닥다닥 나란히 한 초가들이 아름다운 시의 화사(華詞)가 될 수 있다는 것은 벌써 지나간 제너레이션의 이야기요, 오늘에 있어서는 다만 말 못하는 비극의 배경이다.

이제 닭이 홰를 치면서 맵짠 울음을 뽑아 밤을 쫓고 어둠을 짓내몰아 동켠으로 휘—언히 새벽이란 새로운 손님을 불러온다 하자. 하나 경망스럽게 그리 반가워할 것은 없다. 보아라, 가령 새벽이 왔다 하더라도 이 마을은 그대로 암담하고 나도 그대로 암담하고 하여서 너나 나나 이 가랑지길에서 주저주저 아니치 못할 존재들이 아니냐.

나무가 있다.

그는 나의 오랜 이웃이요, 벗이다. 그렇다고 그와 내가 성격이나 환경이나 생활이 공통한 데 있어서가 아니다. 말하자면 극단과 극단 사이에도 애정이 관통할 수 있다는 기적적인

교분(交分)의 표본에 지나지 못할 것이다.

나는 처음 그를 퍽 불행한 존재로 가소롭게 여겼다. 그의 앞에 설 때 슬퍼지고 측은한 마음이 앞을 가리곤 하였다. 만은 돌이켜 생각컨대 나무처럼 행복한 생물은 다시 없을 듯하다. 굳음에는 이루 비길 데 없는 바위에도 그리 탐탁치는 못할망정 자양분이 있다 하거늘, 어디로 간들 생(生)의 뿌리를 박지 못하며 어디로 간들 생활의 불평이 있을소냐. 칙칙하면 솔솔 솔바람이 불어오고, 심심하면 새가 와서 노래를 부르다 가고, 출출하면 한 줄기 비가 오고, 밤이면 수많은 별들과 오손도손 이야기할 수 있고―보다 나무는 행동의 방향이란 거추장스런 과제에 봉착하지 않고 인위적으로든 우연으로서든 탄생시켜 준 자리를 지켜 무궁무진한 영양소를 흡취하고 영롱한 햇빛을 받아들여 손쉽게 생활을 영위하고 오로지 하늘만 바라고 뻗어질 수 있는 것이 무엇보다 행복스럽지 않으냐.

이 밤도 과제를 풀지 못하여 안타까운 나의 마음에 나무의 마음이 점점 옮아오는 듯하고, 행동할 수 있는 자랑을 자랑치 못함에 뼈저리는 듯하나 나의 젊은 선배의 웅변이 왈 선배도 믿지 못할 것이라니 그러면 영리한 나무에게 나의 방향을 물어야 할 것인가.

어디로 가야 하느냐, 동(東)이 어디냐, 서(西)가 어디냐, 남

(南)이 어디냐, 북(北)이 어디냐, 아라! 저 별이 번쩍 흐른다. 별똥 떨어진 데가 내가 갈 곳인가 보다. 하면 별똥아! 꼭 떨어져야 할 곳에 떨어져야 한다.

화원에 꽃이 핀다

개나리, 진달래, 앉은뱅이, 라일락, 민들레, 찔레, 복사, 들장미, 해당화, 모란, 릴리, 창포, 튜울립, 카네이션, 봉선화, 백일홍, 채송화, 달리아, 해바라기, 코스모스, ―코스모스가 홀홀히 떨어지는 날 우주의 마지막은 아닙니다. 여기에 푸른 하늘이 높아지고, 빨간 노란 단풍이 꽃에 못지 않게 가지마다 물들었다가 귀또리 울음이 끊어짐과 함께 단풍의 세계가 무너지고, 그 위에 하룻밤 사이에 소복이 흰 눈이 내려 쌓이고 화로에는 빨간 숯불이 피어오르고 많은 이야기와 많은 일이 이 화롯가에서 이루어집니다.

독자 제현! 여러분은 이 글이 씌어지는 때를 독특한 계절로 짐작해서는 아니됩니다. 아니, 봄, 여름, 가을, 겨울, 어느 철로나 상정하셔도 무방합니다. 사실 일년 내내 봄일 수는 없습니다. 하나 이 화원에는 사철내 봄이 청춘들과 함께 싱싱하게 등대하여 있다고 하면 과분한 자기선전일까요. 하나의 꽃밭이 이루어지도록 손쉽게 되는 것이 아니라 고생과 노력이 있어야 하는 것입니다.

딴은 얼마의 단어를 모아 이 졸문을 지적거리는 데도 내 머리는 그렇게 명석한 것은 못 됩니다. 한 해 동안을 내 두뇌

로써가 아니라 몸으로써 일일이 헤아려 세포 사이마다 간직해 두어서야 겨우 몇 줄의 글이 이루어집니다. 그리하여 나에게 있어 글을 쓴다는 것이 그리 즐거운 일일 수는 없습니다. 봄바람의 고민에 짜들고 녹음의 권태에 시들고, 가을 하늘 감상에 울고, 노변의 사색에 졸다가 이 몇 줄의 글과 나의 화원과 함께 나의 일 년은 이루어집니다.

　시간을 먹는다는 이 말의 의의와 이 말의 묘미는 칠판 앞에 서보신 분과 칠판 밑에 앉아보신 분은 누구나 아실 것입니다. 그것은 확실히 즐거운 일임에 틀림 없습니다. 하루를 휴강한다는 것보다, (하긴 슬그머니 까먹어 버리면 그만이지만) 다만 한 시간, 예습, 숙제를 못해왔다든가 따분하고 졸리고 한 때, 한 시간의 휴강은 진실로 살로 가는 것이어서, 만일 교수가 불편하여 못 나오셨다고 하더라도 미처 우리들의 예의를 갖출 사이가 없는 것입니다.

　그러나 이것을 우리들의 망발과 시간의 낭비라고 속단하셔선 아니됩니다. 여기에 화원이 있습니다. 한 포기 푸른 풀과 한 떨기의 붉은 꽃과 함께 웃음이 있습니다. 노―트장을 적시는 것보다, 한우충동(汗牛充棟)에 묻혀 글줄과 씨름하는 것보다, 더 명확한 진리를 탐구할 수 있을런지, 보다 더 많은 지식을 획득할 수 있을런지, 보다 더 효과적인 성과가 있을지를 누가 부인하겠습니까.

나는 이 귀한 시간을 슬그머니 동무들을 떠나서 단 혼자 화원에 거닐 수 있습니다. 단 혼자 꽃들과 풀들과 이야기할 수 있다는 것이 얼마나 다행한 일이겠습니까. 참말 나는 온정으로 이들을 대할 수 있고 그들은 웃음으로 나를 맞아줍니다. 그 웃음을 눈물로 대한다는 것은 나의 감상일까요. 고독, 정적도 확실히 아름다운 것임에 틀림이 없으나, 여기에 또 서로 마음을 주는 동무가 있는 것도 다행한 일이 아닐 수 없습니다. 우리 화원 속에 모인 동무들 중에, 집에 학비를 청구하는 편지를 쓰는 날 저녁이면 생각하고 생각하던 끝 겨우 몇 줄 써 보낸다는 A군, 기뻐해야 할 서류(통칭 월급봉투)를 받아 든 손이 떨린다는 B군, 사랑을 위하여서는 밥맛을 잃고 잠을 잊어버린다는 C군, 사상적 당착에 자살을 기약한다는 D군…… 나는 이 여러 동무들의 갸륵한 심정을 내 것인 것처럼 이해할 수 있습니다. 서로 너그러운 마음으로 대할 수 있습니다.

나는 세계관, 인생관, 이런 좀더 큰 문제보다 바람과 구름과 햇빛과 나무와 우정, 이런 것들에 더 많이 괴로워해 왔는지도 모르겠습니다. 단지 이 말이 나의 역설이나, 나 자신을 흐리우는 데 지날 뿐일까요.

일반은 현대 학생 도덕이 부패했다고 말합니다. 스승을 섬길 줄을 모른다고들 합니다. 옳은 말씀들입니다. 부끄러울

따름입니다. 하나 이 결함을 괴로워하는 우리들 어깨에 지워 광야로 내쫓아 버려야 하나요. 우리들의 아픈 데를 알아주는 스승, 우리들의 생채기를 어루만져 주는 따뜻한 세계가 있다면 박탈된 도덕일지언정 기울여 스승을 진심으로 존경하겠습니다. 온정의 거리에서 원수를 만나면 손목을 붙잡고 목 놓아 울겠습니다.

세상은 해를 거듭, 포성에 떠들썩하건만 극히 조용한 가운데 우리들 동산에서 서로 융합할 수 있고, 이해할 수 있고, 종전의 X가 있는 것은 시세(時勢)의 역효과일까요.

봄이 가고, 여름이 가고, 코스모스가 홀홀히 떨어지는 날 우주의 마지막은 아닙니다. 단풍의 세계가 있고, ―이상이 견빙지(履霜而堅氷至)― 서리를 밟거든 얼음이 굳어질 것을 각오하라― 가 아니라, 우리는 서릿발에 끼친 낙엽을 밟으면서 멀리 봄이 올 것을 믿습니다.

노변에서 많은 일이 이뤄질 것입니다.

종시(終始)

 종점(終点)이 시점(始点)이 된다. 다시 시점이 종점이 된다.
 아침 저녁으로 이 자국을 밟게 되는데 이 자국을 밟게 된
연유가 있다. 일찍이 서산대사가 살았을 듯한 우거진 송림
속, 게다가 덩그러니 살림집은 외따로 한 채 뿐이었으나 식
구로는 굉장한 것이어서 한 지붕 밑에서 팔도 사투리를 죄다
들을 만큼 모아놓은 미끈한 장정들만이 욱실욱실하였다. 이
곳에 법령은 없었으나 여인 금납구(禁納區)였다. 만일 강심
장의 여인이 있어 불의의 침입이 있다면 우리들의 호기심을
적이 자아내었고, 방마다 새로운 화제가 생기곤 하였다. 이
렇듯 수도 생활에 나는 소라 속처럼 안도하였던 것이다.
 사건이란 언제나 큰 데서 동기가 되는 것보다 오히려 작은
데서 더 많이 발작하는 것이다.
 눈 온 날이었다. 동숙하는 친구의 친구가 한 시간 남짓한
문안 들어가는 차 시간까지를 낭비하기 위하여 나의 친구를
찾아 들어와서 하는 대화였다.
 「자네 여보게 이 집 귀신이 되려나?」
 「조용한 게 공부하기 작히나 좋잖은가」
 「그래 책장이나 뒤적뒤적하면 공문줄 아나? 전차간에서

내다 볼 수있는 광경, 정거장에서 맛볼 수 있는 광경, 다시 기차 속에서 대할 수 있는 모든 일들이 생활 아닌 것이 없거든. 생활 때문에 싸우는 이 분위기에 잠겨서, 보고, 생각하고, 분석하고, 이거야말로 진정한 의미의 교육이 아니겠는가. 여보게! 자네 책장만 뒤지고 인생이 어떠하니 사회가 어떠하니 하는 것은 16세기에서나 찾아볼 일일세. 단연 문안으로 나오도록 마음을 돌리게」

나한테 하는 권고는 아니었으나 이 말에 귀틈이 뚫려 상푸둥 그리리라고 생각하였다. 비단 여기만이 아니라 인간을 떠나서 도를 닦는다는 것이 한낱 오락이요, 오락이매 생활이 될 수 없고 생활이 없으매 이 또한 죽은 공부가 아니랴. 하여 공부도 생활화하여야 되리라 생각하고 불일내에 문안으로 들어가기를 내심으로 단정해 버렸다. 그 뒤 매일같이 이 자국을 밟게 된 것이다.

나만 일찍이 아침거리의 새로운 감촉을 맛볼 줄만 알았더니 벌써 많은 사람들의 발자욱에 포도(鋪道)는 어수선할 대로 어수선했고 정류장에 머물 때마다 이 많은 무리를 죄다 어디 갖다 터뜨릴 심산인지 꾸역꾸역 자꾸 박아 싣는데 늙은이, 젊은이, 아이 할 것 없이 손에 꾸러미를 안 든 사람은 없다. 이것이 그들 생활의 꾸러미요, 동시에 권태의 꾸러민지도 모르겠다.

이 꾸러미를 든 사람들의 얼굴을 하나하나씩 뜯어보기로 한다. 늙은이 얼굴이란 너무 오래 세파에 찌들어서 문제도 안 되겠거니와 그 젊은이들 낯짝이란 도무지 말씀이 아니다. 열이면 열 다 우수(憂愁) 그것이오, 백이면 백 다 비참 그것이다. 이들에게 웃음이란 가뭄에 콩싹이다. 필경 귀여우리라는 아이들의 얼굴을 보는 수밖에 없는데 아이들의 얼굴이란 너무 창백하다. 혹시 숙제를 못 해서 선생한테 꾸지람을 들을 것이 걱정인지 풀이 죽어 쭈그러뜨린 것이 활기란 도무지 찾아볼 수 없다. 내 상도 필연코 그 꼴일 텐데, 내 눈으로 그 꼴을 보지 못하는 것이 다행이다. 만일 다른 사람의 얼굴을 보듯 그렇게 자주 내 얼굴을 대한다고 할 것 같으면 벌써 요사하였을런지도 모른다.

나는 내 눈을 의심하기로 하고 단념하자!

차라리 성벽 위에 펼친 하늘을 쳐다보는 편이 더 통쾌하다. 눈은 하늘과 성벽 경계선을 따라 자꾸 달리는 것인데 이 성벽이란 현대로서 카무플라주한 옛 금성(禁城)이다. 이 안에서 어떤 일이 이루어졌으며 어떤 일이 행하여지고 있는지 성 밖에서 살아왔고 살고있는 우리들에게는 알 바가 없다. 이제 다만 한 가닥 희망은 이 성벽이 끊어지는 곳이다.

기대는 언제나 크게 가질 것이 못되어서, 성벽이 끊어지는 곳에 총독부, 도청, 무슨 참고관(參考館), 체신국, 신문사,

소방조, 무슨 주식회사, 부청, 양복점, 고물상 등 나란히 하고 연달아 오다가 아이스케이크 간판에 눈이 잠깐 머무는데, 이 놈을 눈 내린 겨울에 빈 집을 지키는 꼴이라든가, 제 신분에 맞지 않는 가게를 지키는 꼴을 살짝 필름에 올리어 본달 것 같으면 한 폭의 고등(高等) 풍자 만화가 될 터인데 하고 나는 눈을 감고 생각하기로 한다. 사실 요즈음 아이스케이크 간판 신세를 면치 아니치 못할 자 얼마나 되랴. 아이스케이크 간판은 정열에 불타는 염서(炎暑)가 진정코 아쉽다.

눈을 감고 한참 생각하느라면 한 가지 거리끼는 것이 있는데 이것은 도덕률이란 거추장스러운 의무감이다. 젊은 녀석이 눈을 딱 감고 버티고 앉아 있다고 손가락질 하는 것 같아서 번쩍 눈을 떠 본다. 하나 가까이 자선할 대상이 없음에 자리를 잃지 않겠다는 심정보다 오히려 아니꼽게 본 사람이 없었으리란 데 안심이 된다.

이것은 과단성 있는 동무의 주장이지만 전차에서 만난 사람은 원수요, 기차에서 만난 사람은 지기(知己)라는 것이다. 딴은 그러리라고 얼마큼 수긍하였댔다. 한자리에서 몸을 비비적거리면서도 「오늘은 좋은 날씨올시다」「어디서 내리시나요」 쯤의 인사는 주고 받을 법한데, 일언반구 없이 뚱―한 꼴들이 작히나 큰 원수를 맺고 지내는 사이들 같다. 만일 상냥한 사람이 있어 요만큼의 예의를 밟는다고 할 것 같으면 전차 속의 사람들은 이를 정신이상자로 대접할 게다. 그러나 기차에서는 그렇지 않다. 명함을 서로 바꾸고 고향 이야기, 행방(行方) 이야기를 거리낌 없이 주고 받고 심지어 남의 여로를 자기의 여로인 것처럼 걱정하고, 이 얼마나 다정한 인생행로냐.

이러는 사이에 남대문을 지나쳤다. 누가 있어 「자네 매일 같이 남대문을 두 번씩 지날 터인데 그래 늘 보곤 하는가」라는 어리석은 듯한 멘탈 테스트를 낸다면 나는 아연해지지 않을 수 없다. 가만히 기억을 더듬어 본달 것 같으면 늘이 아니라 이 자국을 밟은 이래 그 모습을 한 번이라도 쳐다본 적이 있었던 것 같지 않다. 하기는 그것이 나의 생활에 긴한 일이 아니매 당연한 일일 게다. 하나 여기에 하나의 교훈이 있다. 횟수가 너무 잦으면 모든 것이 피상적이 되어버리느니라.

이것과는 관련이 먼 이야기 같으나 무료한 시간을 까기 위하여 한 마디 하면서 지나가자.

시골서는 내로라고 하는 양반이었던 모양인데, 처음 서울 구경을 하고 돌아가서 며칠 동안 배운 서울 말씨를 섣불리 써가며 서울 거리를 손으로 형용하고 말로써 떠벌여 옮겨놓더라는데, 정거장에 턱 내리니 앞에 고색이 창연한 남대문이 반기는 듯 가로 막혀 있고, 총독부 집이 크고, 창경원에 백 가지 금수가 봄 직했고, 덕수궁의 옛 궁전이 회포를 자아냈고, 화신 승강기는 머리가 힝—했고, 본정엔 전등이 낮처럼 밝은데 사람이 물밀듯 밀리고 전차란 놈이 윙윙 소리를 지르며 지르며 연달아 달리고— 서울이 자기 하나를 위하여 이루어진 것처럼 우쭐했는데 이것쯤은 있을 듯한 일이다. 한데, 게도 방정꾸러기가 있어

「남대문이란 현판이 참 명필이지요?」

하고 물으니 대답이 걸작이다.

「암 명필이고말고. 남(南)자, 대(大)자, 문(門)자 하나하나 살아서 막 꿈틀거리는 것 같데.」

어느 모로나 서울 자랑하려는 이 양반으로서는 가당한 대답일 게다. 이분에게 아현동 고개 막바지에, —아니 치벽한 데 말고, —가까이 종로 뒷골목에 무엇이 있던가를 물었다면 얼마나 당황해 했으랴.

나는 종점을 시점으로 바꾼다.

내가 내린 곳이 나의 종점이요, 내가 타는 곳이 나의 시점이 되는 까닭이다. 이 짧은 순간 많은 사람 사이에 나를 묻는 것인데 나는 이네들에게 너무나 피상적이 된다. 나의 휴머니티를 이네들에게 발휘해 낸다는 재주가 없다. 이네들의 기쁨과 슬픔과 아픈 데를 나로서는 측량한다는 수가 없는 까닭이다. 너무 막연하다. 사람이란 횟수가 잦은 데와 양이 많은 데

는 너무나 쉽게 피상적이 되나보다. 그럴수록 자기 하나 간수하기에 분망하나보다.

시그널을 밟고 기차는 왱―떠난다. 고향으로 향한 차도 아니건만 공연히 가슴은 설렌다. 우리 기차는 느릿느릿 가다 숨차면 가(假)정거장에서도 선다. 매일같이 웬 여자들인지 주룽주룽 서 있다. 저마다 꾸러미를 안았는데 예의 그 꾸러민듯 싶다. 다들 방년된 아가씨들인데 몸매로 보아하니 공장으로 가는 직공들은 아닌 모양이다. 얌전히들 서서 기차를 기다리는 모양이다. 판단을 기다리는 모양이다. 하나 경망스럽게 유리창을 통하여 미인판단을 내려서는 안 된다. 피상적 법칙이 여기에도 적용될지 모른다. 투명한 듯하나 믿지 못할 것이 유리다. 얼굴을 찌깨논 듯이 한다든가 이마를 좁다랗게 한다든가, 코를 말코로 만든다든가 턱을 조개턱으로 만든다든가 하는 악희(惡戱)를 유리창이 때때로 감행하는 까닭이다. 판단을 내리는 자에게는 별반 이해관계가 없다손 치더라도 판단을 받는 당자에게 오려던 행운이 도망갈런지를 누가 보장할소냐. 여하간 아무리 투명한 꺼풀일지라도 깨끗이 벗겨버리는 것이 마땅할 것이다.

이윽고 터널이 입을 벌리고 기다리는데 거리 한 가운데 지하철도 아닌 터널이 있다는 것이 얼마나 슬픈 일이냐. 이 터널이란 인류 역사의 암흑시대요, 인생 행로의 고민상이다.

공연히 바퀴소리만 요란하다. 구역질 날 악질의 연기가 스며
든다. 하나 미구에 우리에게 광명의 천지가 있다.

터널을 벗어났을 때 요즈음 복선 공사에 분주한 노동자들
을 볼 수 있다. 아침 첫차에 나갔을 때에도 일하고, 저녁 늦
차에 들어올 때에도 그네들은 그대로 일하는데, 언제 시작하
여 언제 그치는지 나로서는 헤아릴 수 없다. 이네들이야말로
건설의 사도들이다. 땀과 피를 아끼지 않는다.

그 육중한 도락구*를 밀면서도 마음만은 요원한 데 있어
도락구 판장에다 서투른 글씨로 신경행(新京行)이니 북경행
(北京行)이니 남경행(南京行)이니 라고 써서 타고 다니는 것
이 아니라 밀고 다닌다. 그네들의 마음을 엿볼 수 있다. 그것
이 고력(苦力)에 위안이 안 된다고 누가 주장하랴.

이제 나는 곧 종시를 바꿔야 한다. 하나 내 차에도 신경행,
북경행, 남경행을 달고 싶다. 세계일주행이라고 달고 싶다.
아니 그보다 진정한 내 고향이 있다면 고향행을 달겠다. 도
착하여야 할 시대의 정거장이 있다면 더 좋다.

* 도락구: '트럭'의 일본어

이 발문은 1948년 정음사에서 발행한 『하늘과 바람과 별과 詩』 최초본에 실린 강처중의 발문이다. 당시 『경향신문』 기자이던 강처중은 일제 감옥에서 옥사한 무명 시인인 윤동주를 『경향신문』 지면을 통해 세상에 소개했는데 그것도 당대 최고의 시인인 정지용의 소개라는 형식을 통해 매우 극적으로 소개했다.

그는 1950년대에 좌익인사로 공안당국에 체포되어 사형 선고를 받아 사형수가 되었고, 한국전쟁 발발 뒤 인민군이 형무소를 개방하자 가족들에게 소련에 가서 공부하겠다는 말을 남기고 행방이 묘연해졌다. 이 때문에 그의 발문은(좌익인사라는 이유로) 1955년부터의 책에서는 삭제되어 왔다.

발문

　동주는 별로 말주변도 사귐성도 없었건만 그의 방에는 언제나 친구들이 가득 차 있었다. 아무리 바쁜 일이 있더라도 "동주 있나" 하고 찾으면 하던 일을 모두 내던지고 빙그레 웃으며 반가이 마주 앉아 주는 것이었다.

　"동주 좀 걸어 보자구" 이렇게 산책을 청하면 싫다는 적이 없었다. 겨울이든 여름이든 밤이든 새벽이든 산이든 들이든 강가든 아무런 때 아무 데를 끌어도 선뜻 따라나서는 것이었다. 그는 말이 없이 묵묵히 걸었고 항상 그의 얼굴은 침울하였다. 가끔 그러다가 외마디 비통한 고함을 잘 질렀다. "아-" 하고 나오는 외마디 소리! 그것은 언제나 친구들의 마음에 알지 못할 울분을 주었다.

　"동주 돈 좀 있나" 옹색한 친구들은 곧잘 그의 넉넉지 못한 주머니를 노리었다. 그는 있고서 안 주는 법이 없었고 없으면 대신 외투든 시계든 내주고야 마음을 놓았다. 그래서 그의 외투나 시계는 친구들의 손을 거쳐 전당포 나들이를 부지런히 하였다.

이런 동주도 친구들에게 굳이 거부하는 일이 두 가지 있었다. 하나는 "동주 자네 시 여기를 좀 고치면 어떤가" 하는 데 대하여 그는 응하여 주는 때가 없었다. 조용히 열흘이고 한 달이고 두 달이고 곰곰이 생각하여서 한 편 시를 탄생시킨다. 그때까지는 누구에게도 그 시를 보이지 않는다. 이미 보여 주는 때는 흠이 없는 하나의 옥(玉)이다. 지나치게 그는 겸허 온순하였건만, 자기의 시만은 양보하지를 않았다.

또 하나 그는 한 여성을 사랑하였다. 그러나 이 사랑을 그 여성에게도 친구들에게도 끝내 고백하지 않았다. 그 여성도 모르는, 친구들도 모르는 사랑을, 회답도 없고 돌아오지도 않는 사랑을 저 홀로 간직한 채 고민도 하면서 희망도 하면서— 쑥스럽다 할까 어리석다 할까? 그러나 이제 와 고쳐 생각하니 이것은 하나의 여성에 대한 사랑이 아니라 이루어지지 않을 '또 다른 고향'에 대한 꿈이 아니었던가. 어쨌든 친구들에게 이것만은 힘써 감추었다.

그는 간도에서 나고 일본 복강(福岡)*에서 죽었다. 이역에서 나고 갔건만 무던히 조국을 사랑하고 우리말을 좋아하더

* 복강: 후쿠오카

니— 그는 나의 친구이기도 하려니와 그의 아이 적 동무 송몽규와 함께 '독립운동'의 죄명으로 이 년 형을 받아 감옥에 들어간 채 마침내 모진 악형(惡形)에 쓰러지고 말았다.

그것은 몽규와 동주가 연전(延專) 마치고 경도(京都)^{**}에 가서 대학생 노릇하던 중도의 일이었다.

"무슨 뜻인지 모르나 마지막 외마디 소리를 지르고 운명했지요. 짐작건대 그 소리가 마치 조선독립만세를 부르는 듯 느껴지더군요"

이 말은 동주의 최후를 감시하던 일본인 간수가 그의 시체를 찾으러 복강 갔던 그 유족에게 전하여 준 말이다. 그 비통한 외마디 소리! 일본 간수야 그 뜻을 알리만도 저도 그 소리에 느낀 바 있었나 보다. 동주 감옥에서 외마디 소리로서 아주 가버리니 그 나이 스물아홉, 바로 해방되던 해다. 몽규도 그 며칠 뒤 따라 옥사하니 그도 재사(才士)였느니라. 그들의 유골은 지금 간도에서 길이 잠들었고 이제 그 친구들의 손을 빌어 동주의 시는 한 책이 되어 길이 세상에 전하여지려 한다.

불러도 대답 없을 동주 몽규였만 헛되나마 다시 부르고 싶은 동주! 몽규!

강처중

** 경도: 교토

윤동주의 생애

1917년

만주 북간도 명동촌(중국 길림성)에서 아버지 윤영석, 어머니 김용의 장남으로 태어남. 아명은 '해환'으로 우리말의 '해'에 한자인 빛날 '환'자를 붙인 것으로 해처럼 빛나라는 뜻.

1925년

명동소학교에 입학.

1929년

고종사촌인 송몽규 및 다른 급우와 함께 『새 명동』이란 신문 형식의 등사판 문예지를 만들어 동요, 동시 등 발표.

1931년 3월

명동소학교를 졸업하고 대랍자의 중국인소학교에 1년간 다님.

1932년 4월

용정의 은진중학교에 입학.

교내 잡지, 스포츠, 교내 웅변대회에서 「땀 한방울」이라는 제목으로 1등을 하는 등 다방면으로 활동.

1934년 12월

「삶과 죽음」, 「초 한 대」, 「내일은 없다」 3편의 시 작품을 씀.
이는 오늘날 찾을 수 있는 날짜가 기록된 최초의 작품들임.

1935년 9월

은진중학교 4학년 1학기를 마치고 평양 숭실중학교 3학년 2학기에 편입. 기숙사에 기거하며 독서와 시작에 몰두함.

1936년 3월

숭실중학교가 신사참배 거부 사건으로 폐교한 이후, 고향 용정으로 돌아와 광명학교 중학부 4학년에 편입.

간도에서 발행하던 『카톨릭 소년』에 동시 「병아리」, 「빗자루」를 윤동주尹童柱 라는 이름으로 발표함.

1937년

『카톨릭 소년』에 「오줌싸개 지도」, 「무얼 먹구 사나」를 윤동주尹童柱 라는 이름으로, 「거짓부리」를 윤동주尹童舟 라는 이름으로 발표. '童舟'라는 필명은 이때 처음 사용함.

1938년 2월

광명학원 중학부 5학년 졸업.

4월에 고종 송몽규와 함께 서울 연희 전문학교 문과에 입학.

1939년

산문 「달을 쏘다」를 『조선일보』 학생란에 발표.

동요 「산울림」을 『소년』지에 발표.

1941년

연희 전문학교 문과 발행인 『문우』지에 「자화상」, 「새로운 길」 발표. 12월에 연희전문 문과 졸업. 연전 졸업 기념으로 19편으로 된 자선시집 『하늘과 바람과 별과 시』를 77부 한정판으로 출간하려 했으나, 당시 일제의 검열을 걱정한 주변의 만류로 뜻을 이루지 못함. 결국 자필로 3부를 만들어 1부는 이양하 교수에게, 1부는 후배인 정병욱에게, 1부는 자신이 갖는 것으로 대신함. 본래 계획한 시집의 제목은

『병원』으로, 당시 아픈 사람이 많았기 때문이라고 함.

일본 유학 수속을 위해 히라누마(平沼) 라고 창씨 개명을 함.

1942년

일본 도쿄 릿쿄대학 영문과 입학. 릿쿄대학 시절인 4~6월 시 작품 「쉽게 씌어진 시」 등 5편을 서울의 한 친구에게 우송함. 이는 오늘날 발견할 수 있는 마지막 작품들로 릿쿄대학 시절의 시 5편이 결국 그의 생전 마지막 작품들이 됨.

가을 무렵, 교토 도시샤대학 영문학과에 편입학.

1943년 7월

방학을 맞아 고향으로 귀국하기 위해 차표까지 사 두었지만, 귀국 직전, 송몽규와 함께 독립운동 혐의로 일본 경찰에 체포되어 시모가모(下鴨) 경찰서에 구금됨.

1944년 6월

교토 지방재판소에서 독립운동 죄명으로 2년 형을 선고받고 송몽규와 함께 구주 후쿠오카 형무소에 투옥됨.

1945년

2월 18일, <16일 동주 사망, 시체 가지러 오라>는 전보가 고향집에 배달되어 윤동주의 사망이 알려짐. 부친 윤영석과 당숙 윤영춘이 시신 인수차 일본으로 떠남. 일본에 도착한 부친과 당숙은 송몽규부터 면회하니 매일 같이 이름 모를 주사를 맞는다는 그는 매우 여위어 있었음. "동주 선생은 무슨 뜻인지 모르나, 큰 소리를 외치고 운명했습니다" 라고 일본인 간수가 말함. 3월 6일, 용정의 동산교회 묘지에 그의 시신이 묻힘. 그의 장례식에서 『문우』지에 발표되었던 「자화상」과 「새로운 길」이 낭독됨. 3월 10일, 송몽규도 옥사.

1946년 가을
유작 「쉽게 씌여진 시」가 『경향신문』에 발표됨.

1948년 1월
유고시집 『하늘과 바람과 별과 시』(31편 수록)가 정음사에서 간행됨.

1955년 2월
윤동주 서거 10주기 기념으로 88편의 시와 5편의 시를 엮어 다시 유고시집 『하늘과 바람과 별과 시』를 정음사에서 간행함. 편집은 정병욱의 자문을 받아 동생 윤일주가 담당. 표지는 김환기 화백이 담당.

1999년

윤동주 사진판 자필시고집을 민음사에서 출간, 마침내 그의
육필원고가 세상에 공개됨.

창작연보

-창작일자 수정작품은 * 으로 표시

1934. 12.24 「초 한 대」, 「삶과 죽음」, 「내일은 없다」

1935. 1. 「거리에서」

10. 「공상」*, 「창공」, 「꿈은 깨어지고」, 「남쪽 하늘」

12. 「조개껍질」

1936. 1~2. 「고향집」, 「병아리」, 「오줌싸개 지도」*, 「창구멍」 *, 「기왓장 내외」*, 「비둘기」

3. 「이별」, 「식권」, 「모란봉에서」, 「황혼」, 「가슴 1」, 「가슴 2」, 「종달새」

5. 「산상」, 「오후의 구장」, 「닭」*

6. 「이런 날」, 「양지쪽」, 「산림」

7~8. 「가슴 3」, 「곡간」*, 「빨래」*

9. 「빗자루」, 「햇비」

10. 「비행기」, 「가을밤」, 「굴뚝」*, 「무얼 먹구 사나」, 「봄」

12. 「참새」, 「개」*, 「편지」*, 「버선본」, 「눈」, 「사과」*, 「눈」*, 「닭」*, 「아침」*, 「겨울」*, 「호주머니」*

1937.	1~2.	「황혼이 바다가 되어」,「거짓부리」*,「둘 다」*, 「반딧불」*
	3~4.	「밤」,「할아버지」,「만돌이」*,「개」*,「나무」*
	4.	「장」*,「달밤」
	5.	「풍경」
	6.	「울적」
	7.	「한난계」,「그 여자」,「야행」,「빗뒤」*
	8.	「소낙비」,「비애」,「명상」
	9.	「바다」,「산협의 오후」,「비로봉」
	10.	「창」,「유언」
1938	5.	「새로운 길」,「어머니」,「산울림」
	6.	「가로수」,「비오는 밤」,「사랑의 전당」,「이적」
	9.	「아우의 인상화」,「코스모스」,「슬픈 족속」
	10.	「고추 밭」,「햇빛·바람」*,「해바라기 얼굴」*, 「애기의 새벽」*,「귀뚜라미와 나와」*,「달을 쏘다」*
1939	9.	「달같이」,「장미 병들어」,「자화상」,「소년」*,

「트루게네프의 언덕」, 「산골물」*

1940.　12.　　「병원」, 「위로」, 「팔복」*

1941.　2.　　「무서운 시간」
　　　3.　　「눈 오는 지도」
　　　5.　　「태초의 아침」*, 「또 태초의 아침」, 「새벽이
　　　　　　올 때까지」, 「십자가」, 「눈 감고 간다」
　　　6.　　「못 자는 밤」*, 「돌아와 보는 밤」, 「간판 없
　　　　　　는 거리」*, 「바람이 불어」
　　　9.　　「또 다른 고향」, 「길」
　　　11.　　「별 헤는 밤」, 「서시」, 「간」, 「종시」*, 「별똥 떨
　　　　　　어진 데」*, 「화원에 꽃이 핀다」*

1942.　1.　　「참회록」
　　　4.　　「흰 그림자」
　　　5.　　「흐르는 거리」, 「사랑스런 추억」
　　　6.　　「쉽게 씌어진 시」, 「봄」*

발표연보

1935.   『숭실활천』 10월호에 「공상」 발표

1936.   『카톨릭 소년』 11월호에 「병아리」 발표
         『카톨릭 소년』 12월호에 「빗자루」 발표

1937.   『카톨릭 소년』 1월호에 「오줌싸개 지도」 발표
         『카톨릭 소년』 3월호에 「무얼 먹구 사나」 발표
         『카톨릭 소년』 1월호에 「거짓부리」 발표

1938.   『조선일보』에 「아우의 인상화」 발표

1939.   『조선일보』 1월 학생란에 「달을 쏘다」 발표,
         2월에 「유언」 발표
         『소년』 3월호에 「산울림」 발표

1941.   『문우』 6월호에 「새로운 길」, 「우물속의 자상화」 발표

윤동주 저,『하늘과 바람과 별과 시』(연세대학교 대학출판문화원, 2004)

조재수 저,『윤동주 시어 사전』(연세대학교 대학출판문화원, 2005)

송우혜 저,『윤동주 평전』(서정시학, 2023)

왕신영, 심원섭 등 저,『윤동주 자필 시고전집: 사진판』(민음사, 1999)

연세대학교 윤동주기념관 홈페이지 (yoondongju.yonsei.ac.kr)

시어의 해석과 작가의 생애 및 창작연보는 위의 자료들을 참고로 하였습니다.

하늘과 바람과 별과 시

초판 1쇄 발행 2024년 9월 24일

지은이   윤동주
디자인   위하영
펴낸이   김하은
펴낸곳   청담출판사
주소   서울시 강남구 도산대로 85길 39, 303호
팩스   +82 02-6442-0616
이메일   contact@cdpublishing.kr
출판등록 2023. 11. 28 제 2023-000360호

ISBN   979-11-988866-0-6 03810